PROPERTY OF MERTHYR
TYDFIL PUBLIC LIBRARIES

TOCYN LWCUS

BOB EYNON

D1395743

DREF WEN

I Geraint a Merril Davies

Argraffiad cyntaf 2004
© y testun Bob Eynon 2004

Cyhoeddwyd gan Wasg y Dref Wen,
28 Ffordd yr Eglwys, Yr Eglwys Newydd,
Caerdydd CF14 2EA
Ffôn 029 20617860.

Argraffwyd ym Mhrydain.

Cedwir pob hawlfraint. Ni chaiff unrhyw ran
o'r llyfr hwn ei hatgynhyrchu na'i storio mewn
system adferadwy, na'i hanfon allan mewn
unrhyw ffordd na thrwy unrhyw gyfrwng,
electronig, peirianyddol, llungopïo, recordio
nac unrhyw ffordd arall, heb ganiatâd ymlaen
llaw gan y cyhoeddwyr.

TOCYN LWCUS

Roedd dau athro enwog ar staff y coleg: yr Athro Tony Rowlands, pennaeth yr Adran Ffiseg, a'r Athro Trefor Rees, pennaeth yr Adran Fathemateg.

Roedd yr Athro Tony Rowlands yn teithio ar hyd a lled y byd yn trafod ei syniadau disglair am ddechreuad y bydysawd, ac ysgrifennai'r Athro Rees lyfrau mathemateg ar gyfer myfyrwyr, llyfrau oedd yn cael eu hastudio ym mhob ysgol a choleg ym Mhrydain.

Er bod y ddau Athro wedi bod yn llwyddiannus iawn yn eu gyrfaoedd, doedd yr un o'r ddau yn hollol hapus. Roedd yr Athro Trefor Rees yn eiddigeddus o'r Athro Rowlands am fod ei syniadau am ddechreuad y bydysawd yn fyd-enwog, tra oedd yr Athro Tony Rowlands yn eiddigeddus o'r Athro Rees am fod ei lyfrau mathemateg wedi gwneud ffortiwn iddo.

Pan oedd y ddau ohonyn nhw'n cwrdd yn y coridor neu yn ystafell fwyta staff y coleg, doedden nhw ddim yn siarad â'i gilydd o gwbl, ac eithrio pan oedden nhw'n cael pryd o fwyd gyda Dr Morris, Prifathro'r coleg. Bryd hynny, bydden nhw'n ceisio sgorio pwyntiau yn erbyn ei gilydd er mwyn ennill ffafr y Prifathro. Ond er eu bod nhw'n awyddus i wneud argraff dda ar y Prifathro, doedden nhw ddim yn ei barchu e o gwbl. Yn eu barn nhw roedd Dr Morris yn rhy wan a gwylaidd i reoli coleg mor fawr. Doedden nhw ddim yn hoffi'r modd y byddai Dr Morris yn cyfarch pawb – hyd yn oed y gwragedd glanhau wrth gyrraedd i'r coleg yn y bore!

A dweud y gwir, roedd y ddau Athro'n debyg iawn i'w gilydd; roedd y ddau ohonyn nhw'n byw ar eu pen eu hunain mewn tai mawr yn yr un ardal o'r dref, ac roedd y ddau'n mynd i'r un clwb preifat bob nos. (Doedden nhw ddim yn siarad â'i gilydd yn y clwb chwaith!)

Er bod y ddau Athro'n ennill digon o arian yn eu swyddi, doedden nhw ddim yn hael iawn. A dweud y gwir, roedd aelodau eraill y clwb yn chwerthin y tu ôl i'w cefnau nhw am eu bod mor gybyddlyd.

Digwyddai yr un peth yn y coleg. Roedd pob pennaeth adran yn arfer trefnu parti i'w staff ar ddiwedd tymor ac yn talu am y bwyd a diod. Ond doedd dim parti yn yr Adran Ffiseg na'r Adran Fathemateg.

Roedd dyn oedrannus yn gofalu am faes parcio'r coleg; roedd e'n cefnogi clwb ieuenctid yn y dref, a phob dydd Gwener roedd e'n dod â thocynnau raffl i'r coleg a'u gwerthu i'r bobl oedd yn defnyddio'r maes parcio. Roedd mwyafrif y staff yn prynu tocyn oddi wrth yr hen ŵr, ond nid felly yr Athrawon Rowlands a Rees. Roedden nhw'n mynd heibio i'r gofalwr heb roi eu dwylo yn eu pocedi a heb ddweud gair.

Un bore, ar ddiwedd tymor y Nadolig, canodd y ffôn yng nghhartre'r Athro Tony Rowlands.

"Yr Athro Rowlands?"

"Ie."

"Miss Kenealy sydd yma, ysgrifenyddes breifat y Prifathro."

"O, Miss Kenealy," meddai Rowlands. "Ydy Dr Morris eisiau siarad â mi?"

"Mae'r Prifathro'n brysur ar hyn o bryd," atebodd Miss Kenealy. "Ond mae e wedi gofyn i mi roi neges i chi. Ydych chi'n dod i mewn i'r coleg y bore 'ma?"

"Doeddwn i ddim yn bwriadu gwneud hynny," meddai Tony Rowlands. "Fydd dim byd yn digwydd yno. Dim ond pobl yn dathlu diwedd y tymor."

"Wel, mae'r Prifathro'n cynnal cyfarfod staff arbennig am hanner dydd," meddai Miss Kenealy. "Mae e eisiau i bawb droi lan, os yn bosibl."

"Beth yw pwrpas y cyfarfod?" gofynnodd Tony Rowlands. "Ydy e'n bwysig?"

"Ydy. Rai misoedd yn ôl, fe enwebodd Dr Morris aelod o'r staff i dderbyn anrhydedd oddi wrth y Frenhines," meddai Miss Kenealy. "Fe gafodd e ateb y bore 'ma; roedd y cais yn llwyddiannus."

Tynnodd yr Athro Rowlands anadl ddofn.

"Rwy'n gweld," meddai'n araf. "Pwy sy wedi ennill yr anrhydedd, felly?"

"Alla i ddim dweud," atebodd Miss Kenealy gan chwerthin. "Ond mae Dr Morris yn awyddus i chi ddod i'r cyfarfod."

Ar ôl rhoi'r ffôn i lawr, ni allai'r Athro Rowlands ymlacio am weddill y bore. Roedd enw Trefor Rees yn troi yn ei feddwl trwy'r amser. Dim ond Trefor Rees oedd yn dod yn agos ato fe fel pennaeth adran yn y coleg. Roedd Rees yn adnabyddus trwy Brydain am ei lyfrau addysgol, ond roedd ei enw ef – Tony Rowlands – yn fyd-enwog. Doedd neb yn Harvard a Yale yn darlithio am ddechreuad y bydysawd heb sôn am syniadau disglair Tony Rowlands.

Cyrhaeddodd e'r maes parcio am ddeng munud i ddeuddeg. Roedd e'n teimlo'n nerfus iawn. Parciodd y car a cherdded at y glwyd lle roedd yr hen ŵr yn sefyll. Fel arfer, aeth e heibio i'r dyn heb ddweud gair wrtho, ond yna stopiodd yr Athro Rowlands yn sydyn, troi rownd a gofyn:

"Dydych chi ddim yn gwerthu tocynnau raffl heddiw?"

Edrychodd yr hen ŵr arno fe'n syn. Doedd Rowlands erioed wedi gofyn iddo fe am docynnau o'r blaen.

"Ydw," atebodd e. "Mae tocynnau 'da fi yn y caban."

"Faint ydyn nhw?" gofynnodd yr Athro, oedd newydd barcio Mercedes mawr yn y maes parcio.

"Ugain ceiniog y tocyn, neu bunt am y stribed," atebodd yr hen ŵr.

Petrusodd Tony Rowlands am foment.

"Rhowch un tocyn i mi," meddai, "am lwc. Gyda llaw, ydy'r Athro Trefor Rees wedi bod i mewn y bore 'ma? Dydy ei gar e ddim yn y maes parcio."

"Fe gyrhaeddodd e mewn tacsi hanner awr yn ôl," atebodd yr hen ŵr. "Mae e'n teithio ar y trên i Lundain yn syth ar ôl y cyfarfod staff."

Llundain! Beth oedd hynny'n ei olygu? Fel arfer roedd Rees yn treulio'r gwyliau gyda'i chwaer yn Nolgellau. Dechreuodd calon yr Athro Rowlands guro'n gyflymach. Cerddodd e'n gyflym i mewn i brif adeilad y coleg.

Roedd y neuadd yn llawn o Athrawon a darlithwyr. Safai Miss Kenealy wrth y drws; pan welodd hi Tony Rowlands yn dod i mewn dywedodd wrtho:

"Ewch i eistedd yn y rhes flaen; mae lle gwag wrth ochr yr Athro Rees."

Pan eisteddodd e i lawr, gwelodd e fod Rees wedi prynu tocynnau raffl hefyd, pump ohonyn nhw mewn stribed.

"Mae e'n gobeithio am lwc hefyd," meddai Tony Rowlands wrtho'i hun. "Ac mae e bum gwaith yn fwy nerfus na fi!"

Roedd y Prifathro, Dr Morris, yn sefyll ar ei ben ei hun o flaen y gynulleidfa. Roedd pawb yn dawel nawr, ond doedd e ddim yn barod i ddechrau'r cyfarfod eto. Yna, yn sydyn, roedd stŵr i'w glywed yng nghefn y neuadd.

"Mae'n ddrwg gen i, Dr Morris," meddai llais gwraig. "Fe gyrhaeddais i'n ôl o Lundain neithiwr. Fe glywais i am y cyfarfod yn hwyr iawn."

"Peidiwch â phoeni, Mrs Haywood," meddai'r Prifathro gan wenu. "Croeso'n ôl. Dewch i eistedd yma yn y blaen gyda fi."

Edrychodd yr Athrawon Rowlands a Rees ar ei gilydd heb ddweud gair. Doedd dim rhaid iddyn nhw siarad. Roedd y ddau ohonyn nhw'n casáu Gloria Haywood, pennaeth yr Adran Ddrama, am ei bod hi'n ffefryn gan y Prifathro. Doedd Gloria ddim yn dod i mewn i'r coleg yn aml iawn achos roedd yn well 'da hi dreulio'i hamser yn stiwdios y BBC neu yn theatrau'r West End yn Llundain. Ond roedd Dr Morris yn dwlu arni hi am ei bod hi'n dod ag actorion ac actoresau i'r coleg i gwrdd â fe. Ym marn yr Athrawon Rowlands a Rees, dim ond dawn siarad oedd gan Gloria Haywood – ond nawr roedden nhw'n ofni ei bod hi wedi cipio'r anrhydedd oddi arnyn nhw.

Tawelodd y gynulleidfa eto a dechreuodd Dr Morris siarad.

"Rwy'n meddwl bod pawb ohonoch chi'n gwybod beth yw pwrpas y cyfarfod 'ma," meddai. "Rai misoedd yn ôl …"

Tra oedd e'n siarad, sylwodd Tony Rowlands fod Gloria Haywood yn dal llyfr cyfan o docynnau raffl yn ei llaw. Disgynnodd calon yr Athro. Siŵr o fod, roedd y wraig 'na wedi bod mor hael am ei bod hi'n gwybod yn barod taw hi oedd wedi ennill yr anrhydedd. Roedd y Prifathro wedi galw'i ffefryn yn ôl o Lundain er mwyn cyhoeddi'r newyddion o flaen y staff i gyd. Edrychodd e ar Trefor Rees a gwenodd Rees arno fe'n eironig. Roedden nhw'n meddwl yr un peth, fel pâr o efeilliaid.

" … rhywun sy wedi gwneud gwaith da yn y coleg dros y blynyddoedd," meddai'r Prifathro. "Ond rhywun sy wedi gweithio'n galed y tu allan i'r coleg hefyd. Rhywun sy wedi dod â chlod i'r coleg trwy'r gwaith allanol yna."

Rhywun sy wedi dod â thocynnau theatr i'r Prifathro a'i wraig yn rhad ac am ddim, meddyliodd Tony Rowlands yn chwerw. Rhywun sy wedi hysbysebu'r coleg a'r Prifathro ar y radio a'r teledu, meddyliodd Trefor Rees.

"Rwy'n sôn am ddyn sy wedi …" meddai Dr Morris.

Dyn! Trodd Tony Rowlands ei ben yn gyflym a gwelodd y syndod ar wyneb Trefor Rees hefyd. Dyn, wir! Doedd yr Athrawon Rees a Rowlands ddim yn meddwl am ei gilydd fel brodyr nawr. Roedd y tensiwn rhyngddyn nhw'n codi. Ond roedd Dr Morris bron â gorffen.

"Rydych chi i gyd yn 'nabod y dyn sy wedi ennill yr anrhydedd oddi wrth y Frenhines …" meddai.

Daeth ei lygaid i setlo ar y ddau Athro yn rheng flaen y

10

neuadd. Daliodd Tony Rowlands a Trefor Rees eu hanadl.
Roedd eu calonnau nhw'n curo fel drymiau.

" … ac rwy'n gweld bod rhai ohonoch chi, fel fi, wedi
prynu tocynnau raffl ganddo ar eich ffordd allan o'r maes
parcio y bore 'ma."

GEIRFA

tocyn *ticket*
enwog *famous*
pennaeth adran *head of department*
teithio *to travel*
disglair *brilliant*
dechreuad *beginning*
bydysawd *universe*
llwyddiannus *successful*
gyrfa(oedd) *career(s)*
eiddigeddus *jealous*
ac eithrio *except*
ennill *to earn, win*
er *although*
awyddus *anxious*
argraff *impression*
gwan *weak*
gwylaidd *modest*
cyfarch *to greet*
glanhau *to clean*
hael *generous*
cybyddlyd *mean*

trefnu *to organize*
cefnogi *to support*
ieuenctid *youth*
o leiaf *at least*
gofalwr *attendant*
bwriadu *intend*
neges *message*
digwydd *to happen*
dathlu *to celebrate*
enwebu *to nominate*
anadl *breath*
awyddus *eager*
ymlacio *to relax*
adnabyddus *well known*
treulio *to spend*
rhes flaen *front row*
cynulleidfa *audience*
casáu *to hate*
disgyn *to descend*
cyhoeddi *to announce*
(g)efeilliaid *twins*
hysbysebu *to advertise*

11

DAU FRAWD

Roedd gan Signora Basini ddau fab: Marco, un deg wyth mlwydd oed a Sandro, a oedd ddwy flynedd yn ifancach. Roedd bywyd y Signora wedi bod yn galed; roedd ei gŵr wedi ei ladd yn Ffrainc yn ystod y Rhyfel Byd Cyntaf, ac roedd hi wedi gorfod golchi dillad i'w chymdogion yn Chicago er mwyn ennill arian i brynu bwyd i'r ddau fachgen. Roedd Sandro'n fachgen dwys ac roedd e'n cael marciau da yn yr ysgol. Gobeithiai Signora Basini y byddai e'n mynd i'r coleg un diwrnod, ond roedd Marco wedi gadael yr ysgol heb unrhyw gymwysterau o gwbl. Gweithiodd mewn ffatri am rai misoedd, ond yna rhoddodd e'r gorau i'r gwaith; roedd Marco'n ddiog iawn, ac roedd yn well ganddo dreulio ei amser yn crwydro strydoedd Chicago neu'n chwarae biliards gyda'i ffrindiau.

"Fe fyddai'n well i ti fynd yn ôl i'r gwaith," meddai ei fam wrtho. "Pam nad wyt ti'n fwy tebyg i dy frawd? Mae gan Sandro ddyfodol."

Roedd Marco'n hoff iawn o'i frawd iau, ond doedd e ddim yn ei ddeall e o gwbl.

"Rwyt ti'n gwastraffu dy fywyd yn astudio mor galed, Sandro," meddai wrtho. "Dim ond ffyliaid a cheffylau sy'n gweithio'n galed!"

Roedd Marco a'i ffrindiau'n edmygu'r giangsters oedd yn rheoli strydoedd Chicago yn y dau ddegau. Roedd y giangsters yn gwisgo dillad drud a modrwyau aur, ac yn gyrru ceir mawr. Roedd pawb yn eu hofni, hyd yn oed plismyn y ddinas. Giang Al 'Scarface' Capone a giang

George 'Bugs' Moran oedd yn rheoli'r betio, y clybiau yfed a'r puteindra yn Chicago, ac roedd Marco a'i ffrindiau'n breuddwydio am ymuno â nhw rhyw ddiwrnod.

Yna, un bore, stopiodd car mawr du wrth y palmant lle roedd Marco a grŵp o'i ffrindiau'n sefyll. Daeth dyn tywyll allan o'r car a dweud:

"Rwy'n chwilio am fachgen o'r enw Marco Basini."

Dechreuodd calon Marco guro'n gyflym. Pwy oedd y dyn – plismon?

"Fi yw Marco Basini," meddai'n araf.

Trodd y dyn at y llanciau eraill.

"Baglwch hi!" meddai heb godi'i lais. "Nawr!"

Pan oedd y llanciau wedi diflannu, trodd y dyn yn ôl at Marco.

"Wyt ti wedi clywed am Al Capone?" gofynnodd e.

"Ydw, wrth gwrs," atebodd y bachgen.

"Wel, mae Mr Capone wedi clywed amdanat ti hefyd," meddai'r dyn. "Mae e wedi clywed dy fod yn ddibynadwy. Mae e'n cynnig swydd i ti. Wyt ti'n fodlon?"

Petrusodd Marco am foment.

"Beth sy'n bod?" gofynnodd y dyn. "Oes ofn arnat ti?"

"Nac oes," atebodd y llanc. "Ond dyw fy mam ddim eisiau i mi gymysgu â … "

"… giangsters fel fi?" meddai'r dyn gan wenu. "Wel, paid â phoeni. Mae'r groser lleol, Mr Caesar, yn ffrind i Al Capone. Dwed wrth dy fam dy fod ti'n mynd i weithio yn siop y groser. Wyt ti'n deall?"

Nodiodd Marco Basini. Ni allai gredu ei lwc. Pan roddodd e'r newyddion i'w fam, gwenodd y Signora'n llydan.

13

"Rwy'n nabod Mr Caesar," meddai hi. "Rwy'n mynd i'w siop e bob dydd."

"O, fydda i ddim yn gweithio yn y siop, Mama," meddai Marco'n gyflym. "Mae eisiau negesydd ar Mr Caesar. Fe fydda i'n gweithio y tu allan."

"Fe fyddi di'n gwneud rhywbeth defnyddiol o'r diwedd," meddai ei fam. "Ond cofia, dyw gwaith siop ddim yn talu'n dda."

Doedd hynny ddim yn wir. Roedd Marco'n gweithio oriau hir ac roedd y gwaith yn talu'n dda. Roedd Marco'n ymweld â'r dynion busnes lleol a chasglu'r arian roedden nhw'n ei dalu i Al 'Scarface' Capone fel arian amddiffyn. Doedd dim rhaid i Marco gario gwn na chyllell. Roedd enw Mr Capone yn ddigon i'w amddiffyn e rhag niwed.

Dechreuodd Marco brynu dillad drud fel y giangsters eraill. Ni allai ei fam gwyno gan ei fod e'n rhoi arian iddi hi hefyd.

"Rwy'n mynd i agor cyfrif banc i ti ac i Sandro," meddai Marco wrthi hi. "Fydd dim rhaid i ti olchi dillad i'r cymdogion, ac fe fydd Sandro'n gallu mynd i'r coleg heb boeni am y gost."

Wrth gwrs, roedd y cymdogion i gyd yn gwybod beth oedd yn digwydd, ond ddywedon nhw ddim wrth Signora Basini. Roedd hi mor falch o'i mab hŷn, a doedd hi ddim yn drwgdybio dim. Roedd Marco'n gwneud yn dda, ac roedd Sandro'n astudio'n galed; felly roedd Signora Basini'n hapus.

Pan nad oedd Marco'n brysur, roedd e'n treulio'i amser mewn neuadd biliards yng nghanol y dref. Roedd bachgen o'r enw Dusty'n mynd yno hefyd. Roedd Dusty'n hoffi betio ar y ceffylau, ac weithiau byddai'n rhoi gwybodaeth am ras i'w ffrindiau am bum doler. Un prynhawn dywedodd Dusty wrth Marco Basini:

"Mae tip 'da fi am ras yn Saratoga. Oes diddordeb 'da ti, Marco?"

"Oes," atebodd Marco gan estyn papur pum doler i'w ffrind. "Beth yw enw'r ceffyl sy'n mynd i ennill?"

"Lost Forest," meddai Dusty. "Mae'n siŵr o ennill."

Ac roedd e'n iawn. Betiodd Marco ddeg doler ar y ceffyl ac enillodd e bedwar deg doler. Ar ôl hynny dechreuodd Marco brynu tip oddi wrth Dusty bron bob dydd, ac roedd e'n llwyddiannus bob tro.

Yna, un pnawn, dywedodd Dusty wrtho:

"Mae tip 'da fi am ras yn Hoosier Park y pnawn 'ma."

Tynnodd Marco bum doler o'i boced, ond siglodd Dusty ei ben.

"Dyw pum doler ddim yn ddigon," meddai. "Rwy'n gofyn am bum deg o ddoleri am y tip 'ma. Ceffyl 20–1 ydy e."

"20–1!" meddai Marco'n syn. "Ond fydd dim siawns 'da fe!"

"Bydd," atebodd Dusty, "mae e'n siŵr o ennill."

Roedd pocedi Marco'n llawn o arian Al Capone. Tynnodd e bum deg doler o'i boced a'u rhoi i Dusty.

"Diolch," meddai Dusty. "Rho dy arian ar Pedigree Breed."

Roedd gan Marco bedwar cant o ddoleri oedd yn perthyn i Mr Capone.

15

"Pe bawn i'n rhoi'r arian i gyd ar Pedigree Breed, fe fyddwn i'n ennill wyth mil o ddoleri," meddyliodd e. "Byddai hynny'n ddigon i brynu tŷ newydd i Mama a Sandro. Dyw Dusty erioed wedi fy siomi. Rwy'n mynd i wneud y bet."

Ond roedd hynny'n benderfyniad costus. Collodd Pedigree Breed y ras, ac roedd Marco wedi colli'r arian oedd yn perthyn i Al 'Scarface' Capone. Roedd y bachgen mewn panig. Roedd rhaid iddo guddio yn rhywle rhag ofn bod dynion Capone yn chwilio amdano i ddial arno am golli'r arian.

Croesodd e'r ddinas ar y tram a churo ar ddrws ei ewythr Romeo, brawd ei fam.

"Rydw i wedi ffraeo gyda Mama," dywedodd wrth ei ewythr. "Gaf i aros gyda ti am sbel?"

Doedd Romeo ddim yn hapus iawn i'w weld e. Roedd yr hen ddyn wedi clywed storïau am ei nai, am sut roedd y bachgen yn cymysgu â giangsters a throseddwyr. Ond roedd Marco'n un o'r teulu, ac roedd rhaid iddo ei helpu.

Roedd Marco mor ofnus, aeth e ddim allan o'r tŷ am dri diwrnod, ond un prynhawn daeth ei ewythr yn ôl o'r siopau mewn tymer ddrwg.

"Rwyt ti wedi dweud celwydd wrthyf i, Marco," meddai. "Rydw i wedi ffonio dy fam, dydych chi heb ffraeo o gwbl. Fe ddiflannaist ti heb ddweud gair. Mae hi a Sandro ar bigau'r drain yn poeni amdanat."

"Beth ddywedaist ti wrthi hi?" gofynnodd Marco.

"Dim byd. Ond chei di ddim aros yma. Rydw i wedi clywed storïau am sut rwyt ti'n ennill dy fywoliaeth.

Dydw i ddim eisiau trafferth gyda phobl fel Al Capone!"

Awr yn ddiweddarach roedd Marco'n crwydro'r strydoedd pan stopiodd car a daeth dau ddyn allan ohono. Cydion nhw ynddo a'i wthio i gefn y car. Trodd ei ben a gweld dyn tew yn eistedd wrth ei ochr. Roedd gan y dyn graith ddofn ar ei foch – Al Capone oedd e!

Gyrron nhw drwy'r dref mewn distawrwydd i gyfeiriad y dociau. Pan gyrhaeddon nhw lan Llyn Michigan, stopiodd y car.

"Cer allan," meddai Capone. "Mae dy daith di wedi dod i ben."

Aeth Marco ac un o'r giangsters allan o'r car.

"Rwyt ti'n crynu fel deilen," meddai'r giangster. "Oes ofn arnat ti?"

Nodiodd Marco ei ben. Roedd e'n rhy ofnus i ddweud gair.

"Does dim rhaid i ti fod yn ofnus," meddai'r dyn. "Mae Mr Capone yn ddyn teg. Rwyt ti wedi dioddef digon yn barod. Fe gei di ailddechrau dy waith gyda Mr Caesar yfory."

Yna aeth e'n ôl i mewn i'r car a gyrrodd Al Capone a'i ffrindiau i ffwrdd gyda'r teiars yn sgrechian.

Roedd rhaid i Marco gerdded yr holl ffordd adref, ond doedd e ddim yn poeni am hynny. Roedd e wedi bod yn lwcus iawn. Pan aeth e i mewn i'r tŷ, cododd ei fam o'i chadair a thaflu ei breichiau o'i gwmpas.

"Ble rwyt ti wedi bod?" gofynnodd hi. "Rydyn ni wedi bod yn poeni amdanat ti."

Edrychodd Marco o'i gwmpas. Roedd e mor falch i fod gartref.

"Ble mae Sandro?" gofynnodd. "Ydi e yn ei ystafell wely?"

"Nagyw," atebodd Signora Basini. "Daeth llanc ifanc yma y bore 'ma. Fe ddywedodd e fod Mr Caesar eisiau help yn y siop achos doeddet ti ddim yn gweithio. Fe anfonais i Sandro am fod Mr Caesar wedi bod mor garedig wrthym ni. Ond mae'n mynd yn hwyr, ac rwy'n dechrau poeni am Sandro. Tybed pam nad yw e adref eto …?"

GEIRFA

rhyfel *war*
gorfod *to have to*
golchi *to wash*
cymdogion *neighbours*
dwys *serious*
cymwysterau *qualifications*
rhoi'r gorau i *to give up*
diog *lazy*
crwydro *to roam*
dyfodol *future*
gwastraffu *to waste*
edmygu *to admire*
drud *expensive*
modrwy *ring*
puteindra *prostitution*
ymuno â *to join*
baglwch hi *beat it!*
dibynadwy *dependable*
bodlon *willing*

cymysgu â *to mix with*
llydan *broad*
ymweld â *to visit*
amddiffyn *to protect*
newid *change*
niwed *harm*
cwyno *to complain*
balch *proud*
drwgdybio *to suspect*
llwyddiannus *successful*
perthyn *to belong*
petawn i … *if I were to*
ffraeo *to quarrel*
troseddwr *criminal*
ennill bywoliaeth *to earn a living*
celwydd *lie*
ar bigau'r drain *on tenterhooks*

18

cydio yn *to grab* dioddef *to suffer*
craith *scar* tybed *I wonder*
deilen *leaf*

CWRDD Â PHOBL

Pan aeth Joff Davies i weithio yn Bedford ar ôl gadael y Brifysgol, roedd e ar ei ben ei hun am y tro cyntaf yn ei fywyd. Gweithiai mewn swyddfa cyfreithwyr yng nghanol y dref. Doedd y swyddfa ddim yn fawr – dim ond dau gyfreithiwr profiadol, dau glerc a Joff, oedd yn gyfreithiwr dan hyfforddiant. Roedd pawb yn hŷn na Joff ac roedden nhw i gyd wedi priodi. Roedd Joff yn byw ar ei ben ei hun, ac er fod fflat arall yn yr un tŷ, hen wraig oedd yn byw yno a doedd e ddim yn ei gweld hi'n aml. Felly roedd e'n mynd allan i'r dafarn bob nos tua naw o'r gloch i chwilio am gwmni, ond gan fod pobl yn arfer yfed mewn grwpiau, doedd hi ddim yn hawdd iddo fe dorri i mewn i'w cwmni nhw.

Roedd Joff yn hoff o fynd i'r sinema ac i'r theatr, ond doedd dim hwyl mewn mynd ar ei ben ei hun. Wrth gwrs, doedd Llundain ddim yn bell ar y trên, ond doedd e ddim yn nabod neb yn y brifddinas; doedd e erioed wedi bod allan o Gymru o'r blaen, ac eithrio ar wyliau yn Weston neu Sbaen.

Roedd merch un o'r cyfreithwyr yn dod i mewn i'r swyddfa o bryd i'w gilydd. Merch brydferth a soffistigedig. Cyrhaeddai mewn Alfa Romeo coch, a cherddai trwy'r swyddfa heb edrych ar Joff a'r ddau

19

glerc. Er nad oedd hi'n sylwi arno o gwbl, dechreuodd Joff syrthio mewn cariad â hi.

"Beth yw enw merch Mr Shearman?" gofynnodd Joff i'r clerc un diwrnod.

"Daphne," atebodd un ohonynt.

"Ydy hi'n gweithio yma yn Bedford?"

"Nac ydy. Mae hi yn y coleg yn Luton," atebodd y clerc. "Ond dyw hi ddim yn byw fel y myfyrwyr eraill. Mae ei rhieni hi'n dwlu arni hi, ac yn rhoi popeth iddi."

Roedd yn amlwg nad oedd y clerc yn hoffi Daphne Shearman, ond doedd Joff ddim yn poeni am hynny.

"Beth yw ei diddordebau hi y tu allan i'r coleg?" gofynnodd e.

"Chwaraeon," atebodd y clerc. "Mae hi'n cefnogi tîm rygbi Bedford."

Cwympodd calon Joff Davies. Doedd e erioed wedi bod yn aelod o dîm. Doedd e erioed wedi cwrso pêl o gwmpas cae; doedd e ddim yn gweld y pwynt.

"Ydych chi'n chwarae rygbi, Mr Davies?" gofynnodd y clerc. "Roeddwn i'n meddwl fod pob Cymro'n chwarae rygbi."

"Nac ydw," atebodd Joff. "Does dim diddordeb o gwbl 'da fi mewn chwaraeon."

"Mae hynny'n drueni," meddai'r clerc. "Mae chwarae mewn tîm yn ffordd dda i gwrdd â phobl."

Meddyliodd Joff am eiriau'r clerc am weddill y diwrnod. Pe bai e wedi bod yn chwaraewr rygbi, byddai'n gallu cwrdd â merched prydferth fel Daphne Shearman. Y noson honno, roedd e'n eistedd ar ei ben ei hun yn y dafarn fel arfer pan ddaeth grŵp o fechgyn i eistedd wrth y bwrdd agosaf ato.

"Mae eisiau canolwr arnon ni ar gyfer y gêm dydd Sadwrn," meddai un ohonyn nhw. "Mae Jamie i ffwrdd ar ei wyliau, ac mae Ron yn dost o hyd."

"Wel, ti yw capten y tîm, Will," meddai llanc arall. "Bydd rhaid i ti chwilio am rywun i gymryd eu lle."

Ni allai Joff gredu ei lwc. Cododd o'i gadair a mynd i siarad â'r bechgyn.

"Fe allwn i fod yn ganolwr i chi," meddai, gan ddweud celwydd. "Rydw i newydd symud i Bedford, ond dydw i ddim wedi ymuno â thîm eto."

"Dim ond tîm tafarn ydyn ni," meddai Will. "Os ydych chi'n dalentog, fe fydd yn well i chi ymuno â thîm Bedford."

"Dydw i ddim wedi chwarae erstalwm," atebodd Joff yn gyflym. "Fe fydd eich tîm chi'n fy siwtio i i'r dim."

"Reit," meddai Will. "Rwy'n mynd i ysgrifennu yr amser a'r lle i chi. Peidiwch â'n gadael ni i lawr."

Fore trannoeth, daeth Daphne Shearman i mewn i'r swyddfa i weld ei thad. Roedd hi ar ei ffordd allan pan alwodd Joff Davies hi'n ôl.

"Rwy'n mynd i chwarae rygbi prynhawn dydd Sadwrn nesa," meddai.

Edrychodd hi arno'n syn. Doedd e erioed wedi siarad â hi o'r blaen.

"Beth?" gofynnodd hi, "ydych chi'n chwarae i dîm Bedford?"

21

Cwympodd calon y cyfreithiwr ifanc.

"Nac ydw," atebodd e. "Dim ond tîm tafarn yw e. Maen nhw'n chwarae yn y parc lleol."

Meddyliodd y ferch am foment.

"Fe fydd ffrind i mi o Lundain yn ymweld â mi dros y Sul," meddai hi'n sydyn. "Mae tîm Bedford yn chwarae i ffwrdd. Efallai y down ni i'ch gweld chi'n chwarae."

Chysgodd Joff Davies ddim y noson cyn y gêm. Pan gyrhaeddodd e'r cae, doedd dim cefnogwyr yno o gwbl, dim ond y ddau dîm o fechgyn. Ond jyst cyn i'r dyfarnwr chwibanu i ddechrau'r gêm, daeth Alfa Romeo coch i mewn i'r parc a stopio wrth ochr y cae. Gwelodd Joff Daphne Shearman yn dod allan o'r car a gwelodd hefyd mai bachgen tal, cadarn a golygus oedd ei ffrind.

Ond nawr roedd yn rhaid i Joff ganolbwyntio ar y gêm, rhag ofn iddo wneud ffŵl ohono'i hunan o flaen Daphne. Wrth lwc, roedd y gêm yn dawel iawn am ddeng munud, am fod y chwaraewyr i gyd yn gollwng y bêl drwy'r amser. Trodd Joff ei ben a gweld Daphne a'i ffrind yn chwerthin yn braf. Roedd safon y gêm yn ofnadwy.

Ond yna cododd bachgen mawr y bêl o'r ddaear a dechrau rhedeg i gyfeiriad Joff. Ceisiodd rhai chwaraewyr ei daclo, ond roedd e'n rhy gyflym ac yn rhy gryf iddyn nhw. Roedd Joff yn crynu fel deilen, ond gwyddai fod llygaid Daphne arno. Pan aeth y chwaraewr mawr heibio iddo, taflodd Joff ei hunan at ei goesau e …

Deffrodd Joff Davies yn yr ysbyty. Roedd tri o bobl yn sefyll wrth y gwely: meddyg, nyrs brofiadol, a nyrs ifanc bert dan hyfforddiant. Roedd y meddyg yn siarad â'r ddwy nyrs am y claf.

"Mae e wedi torri ei drwyn, ac mae dau lygad du 'da fe," meddai'r meddyg. "Ond does dim byd difrifol yn bod arno."

"Fydd e'n gallu mynd adref heno, Doctor?" gofynnodd y nyrs brofiadol.

"Na fydd," atebodd y meddyg. "Fe gafodd e ei lorio gan ben-glin ei wrthwynebwr. Gwell iddo aros yma dros nos."

Yna symudon nhw ymlaen heb siarad â Joff o gwbl.

Aeth yr amser heibio, ond daeth neb i ymweld â Joff. Roedd ei gyd-chwaraewyr yn yfed yn y dafarn erbyn hyn, siŵr o fod; ond beth am Daphne? Wedi mynd allan gyda'i chariad hi, meddyliodd e'n chwerw. Roedd e'n gallu eu dychmygu nhw'n siarad am y gêm, ac yn chwerthin am ei ben e. Yna, tua naw o'r gloch daeth y nyrs ifanc bert yn ôl ac eistedd wrth ochr ei wely e.

"Rwy'n gorffen fy shifft nawr," meddai hi. "Ond rydw i wedi dod i'ch gweld chi am nad ydych chi wedi cael ymwelwyr heno."

"O ..." Doedd Joff ddim yn gwybod beth i'w ddweud.

"Ydych chi'n gyffyrddus?" gofynnodd hi.

"Ydw," atebodd Joff. "Sut rydw i'n edrych?"

"Fel paffiwr wedi colli gornest," atebodd y nyrs ifanc. "Rydych chi'n ddewr iawn."

"Ydych chi'n mynd allan heno?" gofynnodd Joff. "Dydw i ddim eisiau i chi fod yn hwyr."

Siglodd y ferch ei phen.

23

"Mae fy ffrindiau i gyd wedi mynd i'r brifysgol," atebodd hi. "Ond rydw i wedi penderfynu aros yn Bedford a hyfforddi fel nyrs. Dydw i ddim yn hoffi mynd allan ar fy mhen fy hun."

"Beth rydych chi'n hoffi ei wneud?" gofynnodd y Cymro. "Dawnsio?"

"Ie," atebodd y ferch. "Ond rwy'n hoffi'r sinema a'r theatr hefyd."

Edrychodd Joff arni hi. Doedd hi ddim mor bert â Daphne Shearman efallai, ond roedd hi'n llawer mwy caredig.

"Beth yw eich enw chi?" gofynnodd e.

"Trudy," atebodd y nyrs. "Trudy Fisher."

"Wel, Trudy," meddai Joff. "Hoffet ti fynd i'r sinema yn Bedford gyda fi un noson, neu i'r theatr yn Llundain?"

Meddyliodd y ferch am foment.

"Rydych chi'n garedig iawn," meddai hi. "Ond chwaraewr rygbi ydych chi, ac fel arfer dyw chwaraewyr rygbi ddim yn hoffi'r sinema a'r theatr o gwbl."

Estynnodd Joff ei law a chydio ym mraich Trudy.

"Dydw i ddim yn chwaraewr rygbi," meddai. "A dweud y gwir, rwy'n casáu'r gêm."

Edrychodd y ferch arno'n syn.

"Ond os ydych chi'n casáu'r gêm," meddai hi. "Pam rydych chi wedi ymuno â thîm rygbi?"

"Wn i ddim," atebodd Joff. "I gwrdd â phobl, efallai?"

GEIRFA

cwrdd *to meet*

cyfreithiwr *solicitor*

profiadol *experienced*

hyfforddiant *training*

cwmni *company*

pell *far*

prifddinas *capital*

ac eithrio *except*

o bryd i'w gilydd *occasionally*

prydferth *beautiful*

er *in spite of*

sylwi ar *to notice*

amlwg *obvious*

cefnogi *to support*

cwympo *to sink, fall*

trueni *pity*

gweddill *remainder*

canolwr *centre*

celwydd *lie*

ymuno â *to join*

erstalwm *for ages*

peidiwch *don't*

dyfarnwr *referee*

cadarn *robust*

golygus *handsome*

canolbwyntio *to concentrate*

safon *standard*

taflu *to throw*

deffro *to awaken*

claf *patient*

trwyn *nose*

difrifol *serious*

llorio *to knock out*

pen-glin *knee*

dychmygu *to imagine*

paffiwr *boxer*

dewr *brave*

caredig *kind, pleasant*

DOFI'R CI

Roedd Ken Mathews wedi byw ar hyd ei oes mewn teras o fythynnod wrth ochr pwll glo ar ben y cwm, ond yn ystod y saith degau, pan gaeodd y pwll glo, dechreuodd pobl adael yr ardal i chwilio am waith newydd. Symudodd Ken a'i wraig, a'u mab Lyndon, i bentref milltir i ffwrdd i lawr y

25

cwm ac aeth Ken i weithio mewn ffatri leol.

Cyn hir, roedd pob bwthyn yn yr hen deras yn wag, a daeth y cyngor lleol â pheiriannau i mewn i chwalu'r pwll glo a'r bythynnod i gyd. Prynodd ffermwr y tir ac, ymhen amser, daeth defaid a chaeau i gymryd lle'r bobl, y stryd a'r hen ddiwydiant.

Roedd mam Lyndon wedi setlo i lawr yn hapus yn y pentref hefyd, a doedd hi ddim yn meddwl am yr hen gartref yn aml iawn. Ond roedd Ken wedi ei eni yn yr hen stryd wrth y pwll glo, ac er nad oedd ei ysgyfaint yn gryf ar ôl blynyddoedd lawer o weithio dan ddaear, roedd e'n cerdded lan y bryn i ymweld â'r hen ardal bron bob wythnos. Tyfodd Lyndon, a phriododd e â merch o'r pentref. Prynon nhw dŷ mawr newydd gyda gardd fawr hyfryd.

Roedd Ken yn saith deg mlwydd oed pan fu farw ei wraig yn sydyn, ac roedd e mewn sioc am wythnosau. Yna, un diwrnod, ymwelodd e â'i fab a dweud:

"Mae fy mywyd i'n wag ers i mi golli dy fam, Lyndon. Rwy'n teimlo'n unig iawn."

"Fe fydd rhaid i ti chwilio am ddiddordebau newydd, Dad," meddai e. "Mae clwb bowlio yn y parc, ac yn y gaeaf maen nhw'n chwarae eu gêmau yn y ganolfan chwaraeon."

Ysgydwodd ei dad ei ben.

"Rydw i wedi bod yn meddwl," meddai. "Pan oeddet ti'n fachgen, roedd gennym ni gi. Wyt ti'n ei gofio e?"

"Ydw, wrth gwrs," atebodd Lyndon. "Corgi bach o'r enw Sandy. Roedden ni'n mynd â fe am dro ar y mynydd bob penwythnos."

"Wel, rydw i wedi penderfynu chwilio am gi arall,"

meddai ei dad. "Bydd ci yn gwmni i mi."

Doedd Lyndon ddim yn siŵr.

"Dwyt ti ddim yn ifanc, Dad," meddai. "Efallai bydd ci yn ormod o waith i ti. Bydd yn ofalus."

Ond cyn diwedd yr wythnos, roedd ei dad ar y ffôn.

"Rydw i wedi dod o hyd i gi," meddai. "Roedd e yn ffald anifeiliaid y cyngor."

"Pa fath o gi yw e, Dad?" gofynnodd Lyndon. "Ydy e'n fawr?"

"Mwngrel yw e," atebodd Ken. "Mae e'n fwy na Sandy, ond dyw e ddim yn fawr iawn. Roedd e mewn cyflwr drwg pan gyrhaeddodd e'r ffald. Rwy'n siŵr ei fod e wedi cael cryn dipyn o anturiaethau cyn dod yma."

"Ond pam wyt ti'n ffonio, Dad?" gofynnodd Lyndon. "Dere â'r ci yma i ni gael ei weld e. Mae Amanda a'r plant yn hoff iawn o anifeiliaid. Dere i gael te gyda ni."

Petrusodd ei dad am foment.

"Dydw i ddim wedi hyfforddi'r ci eto," meddai.

"Beth – ci ifanc yw e?" gofynnodd Lyndon.

"Nage, mae e'n ddwy neu'n dair blwydd oed," atebodd Ken. "Ond mae e braidd yn wyllt."

"Sut mae e gyda phobl a phlant?" gofynnodd Lyndon yn bryderus. Roedd e'n meddwl am ei dri phlentyn.

"O, mae e'n iawn gyda phobl a phlant," atebodd ei dad. "Ond mae'n gas 'da fe geir, lorïau, bysiau ac anifeiliaid eraill. Dyna pam rydw i wedi rhoi'r enw Llew arno fe, achos mae e fel anifail gwyllt pan mae e allan ar dennyn gyda fi. Bydd rhaid i mi ei hyfforddi'n ofalus, a bod yn gadarn gyda fe."

27

"Os yw'r ci mor wyllt â hynny, fe fydd rhaid i ti ei ddofi e yn hytrach na'i hyfforddi e, Dad," meddai Lyndon gan chwerthin. "Gobeithio nad wyt ti wedi gwneud camgymeriad yn ei gymryd e i mewn."

"Paid â phoeni," atebodd Ken. "Roeddwn i'n gofalu am y ceffylau pan oeddwn i dan ddaear yn y pwll glo. Roedd rhai ohonyn nhw'n ystyfnig iawn, ond yn y diwedd roedden nhw i gyd yn gwrando ar fy llais i. Fydd Llew ddim yn ennill y frwydr!"

Ond brwydr oedd hi. Roedd Ken yn mynd â'r ci allan am dro dair gwaith bob dydd, ond roedd yn anodd rheoli Llew, er bod y ci ar dennyn bob amser.

"Ci rhyfedd yw e," meddai e wrth ei fab. "Mae e'n boblogaidd gyda phobl a phlant y stryd am ei fod e mor annwyl, ond pan mae e'n gweld unrhyw beth ar olwynion mae e'n troi'n ffyrnig."

Roedd Ken yn dod â'r ci i dŷ Lyndon ac Amanda nawr, ac roedd y plant yn dwlu ar Llew. Pan oedd e'n chwarae'n hapus gyda nhw ar garped y lolfa, fyddai neb yn dyfalu bod tymer mor ddrwg ganddo fe hefyd.

Roedd Ken yn gwneud rhestr o gamweddau'r ci bob dydd. Os nad oedd Llew yn gyrru'r postmon allan o'r ardd, roedd e'n ymosod ar olwynion pram neu'n rhedeg ar ôl beiciau bechgyn y stryd.

"Mae dy dad di'n colli pwysau," meddai Amanda wrth Lyndon un diwrnod. "Wyt ti wedi sylwi?"

"Ydw," atebodd e. "Rwy'n mynd i gael gair â fe. Mae'r ci 'na yn ei ladd e."

"Rwy'n dod gyda ti," meddai Amanda. "Gall e ddim

mynd ymlaen fel hyn."

Aethon nhw i ymweld â Ken, a siaradodd Lyndon â fe'n blwmp ac yn blaen.

"Mae'n rhaid i ti gael gwared ar Llew, Dad," meddai. "Fyddi di byth yn ei ddofi e."

Ond roedd yr hen ŵr mor ystyfnig â'r ci.

"Byddaf," atebodd e'n llym. "Dydw i ddim am gael fy nhrechu gan fwngrel fel fe!"

Yna, yn raddol, ar hyd y gaeaf, dechreuodd ymddygiad Llew wella. Yn y tŷ, hoffai gysgu ar y soffa wrth ochr Ken tra oedd yr hen ddyn yn gwrando ar y radio, neu'n gwylio rhaglen chwaraeon ar y teledu. Allan ar y stryd doedd y ci ddim mor ffyrnig ag o'r blaen, a gallai pramiau a beiciau fynd heibio iddo heb berygl.

Roedd Ken Mathews yn cael cinio dydd Sul gyda Lyndon, Amanda a'r plant jyst cyn y Pasg pan ddywedodd Amanda'n sydyn:

"Mae pawb yn y pentref yn dweud cymaint mae Llew wedi gwella, Ken. Roeddet ti'n iawn. Mae'r ci'n ddof nawr."

Edrychodd pawb ar Ken, hyd yn oed Llew ei hunan, oedd yn gorwedd ar y carped o flaen y tân. Yna, cafodd Amanda syndod; roedd llygaid yr hen ŵr yn llawn dagrau.

"Nac ydy," meddai Ken. "Yr wythnos ddiwetha, fe geisiais i fynd â fe'n ôl i'r hen deras ger y pwll glo am y tro cyntaf ers yr haf diwetha, ond roedd rhaid i mi droi'n ôl."

"Troi'n ôl, Tad-cu, ond pam?" gofynnodd un o'r plant.

"Oherwydd y defaid," atebodd Ken yn drist. "Pan welodd Llew'r defaid fe drodd e'n ffyrnig. Roedd ofn arna i, achos roedd ŵyn ganddyn nhw hefyd."

"Ond doedd e ddim ar dennyn?" gofynnodd Lyndon.

"Oedd," atebodd ei dad e. "Ond roedd e bron yn rhy gryf i mi. Roedd fy nghalon i'n curo fel drwm. Mae'n biti, achos roeddwn i'n edrych ymlaen at ymweld â'r hen ardal eto ar ôl cymaint o amser."

"Wel, pam nad wyt ti'n gadael Llew gartref, a mynd yn ôl i'r hen stryd ar dy ben dy hun, Dad?" gofynnodd Lyndon.

"Achos mae e'n mynd gyda fi i bobman," atebodd yr hen ŵr. "Dydw i ddim am ei adael e ar ei ben ei hun yn y tŷ, rhag ofn y bydd e'n dinistrio'r dodrefn i gyd!"

"Wel, dere â'r ci yma," meddai Amanda. "Bydd e'n gwmni i mi am gwpwl o oriau. Dyw'r gwyliau ysgol ddim yn dechrau tan yr wythnos nesaf."

A dyna beth wnaeth Ken Mathews fore trannoeth.

"Gobeithio na fydd Llew yn drafferth i ti, Amanda," meddai wrth ei ferch-yng-nghyfraith.

"Paid â phoeni," atebodd hi. "Ond cofia gau clwyd yr ardd cyn i ti adael. Fel yna, bydd Llew yn gallu rhedeg yn rhydd nes i ti ddod yn ôl."

Pan ddaeth Lyndon yn ôl o'r gwaith i gael cinio am un o'r gloch, gofynnodd i'w wraig:

"Adawodd Dad mo'r ci yma y bore 'ma?"

"Do," atebodd Amanda. "Os nad yw e yn y tŷ, mae e allan yn yr ardd."

"Dydy e ddim yn yr ardd," atebodd Lyndon. "Ac mae'r glwyd ar agor."

Edrychodd ei wraig arno'n syn.

"Ond pwy agorodd y glwyd?" gofynnodd hi.

"Wn i ddim," atebodd Lyndon. "Ond mae'r ci wedi dianc!"

Roedd e mewn penbleth.

"Mae'n rhy beryglus i'r ci fod allan yn y stryd ar ei ben ei hun," meddai wrth Amanda. "Rwy'n mynd i dŷ Dad i chwilio amdano fe."

Ond doedd Llew ddim wedi mynd adref; doedd y cymdogion ddim wedi'i weld e ers y bore.

"Fe fydd rhaid i mi chwilio am Dad," meddai Lyndon. "Bydd Dad yn gwybod beth i'w wneud."

Cymerodd e'r ffordd oedd yn arwain at yr hen deras lle cafodd ei eni. Roedd y tywydd yn braf, a'r haul yn disgleirio, ond roedd Lyndon ar bigau'r drain. Cyrhaeddodd e gae'r ffermwr a mynd trwy'r glwyd. Roedd defaid ac ŵyn ym mhobman. Meddyliodd Lyndon am Llew a dechreuodd e grynu er bod yr awyr yn dwym.

Dringodd e lethr y mynydd i gyfeiriad yr hen fythynnod. Yna gwelodd e rywbeth hollol annisgwyl.

Canllath o'i flaen, roedd ei dad yn eistedd gan bwyso'i gefn ar hen dderwen fawr, ac wrth ei ochr e gorweddai Llew. Roedd y ci yn dawel er bod defaid ac ŵyn yn pori o'u cwmpas nhw. Cerddodd Lyndon at y dderwen a chael syndod arall – doedd dim tennyn ar y ci. Roedd pob cyfle ganddo i redeg ar ôl y defaid, ond doedd Llew ddim yn symud o gwbl.

"Ci da wyt ti, Llew," meddai Lyndon gan esmwytho'i flew e. "Felly, mae Dad wedi dy ddofi di o'r diwedd, on'd wyt ti, Dad?"

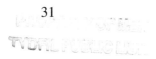

Trodd ei ben i edrych ar ei dad. Roedd llygaid Ken Mathews ar agor fel pe bai e'n syllu ar adfeilion yr hen deras, ond ddywedodd yr hen ŵr ddim gair.

GEIRFA

dofi *to tame*

teras *terrace*

bythynnod *cottages*

pwll glo *colliery*

peiriannau *machines*

chwalu *to demolish*

diwydiant *industry*

adfeilion *ruins*

ysgyfaint *lungs*

ymweld â *to visit*

diwedd *end*

ffald anifeiliaid *animal pound*

cyflwr *condition*

hyfforddi *to train*

braidd *rather*

pryderus *anxious*

tennyn *lead, leash*

cadarn *firm*

camgymeriad *mistake*

ystyfnig *stubborn*

brwydr *battle*

olwyn *wheel*

dyfalu *to guess*

camwedd *misdeed*

cael gwared o *to get rid of*

llym *sharp*

trechu *to defeat*

ymddygiad *behaviour*

syndod *surprise*

ŵyn *lambs*

dinistrio *to destroy*

dodrefn *furniture*

penbleth *quandary*

cymdogion *neighbours*

ar bigau'r drain *on tenterhooks*

crynu *to shiver*

annisgwyl *unexpected*

derwen *oak tree*

MYFANWY

Cwrddodd Linda King a Bob Rees â'i gilydd mewn coleg yn Llundain. Cymro oedd Bob ac roedd Linda'n dod o bentref bach nid nepell o Southampton. Roedd y ddau ohonyn nhw'n astudio Sbaeneg ac yn dilyn yr un cyrsiau bob dydd.

Syrthiodd Linda mewn cariad â Bob ar unwaith; roedd y Cymro'n dal a golygus. Roedd Bob yn hoff o Linda hefyd am ei bod hi mor dawel a naturiol, ond roedd e eisiau mwynhau ei ryddid yn Llundain am sbel. Roedd y Cymro'n rhannu fflat gydag Eddie, bachgen arall o'r Adran Sbaeneg. Rhannai Bob ac Eddie yr un diddordebau: roedden nhw'n astudio am awr neu ddwy bob nos ac yna'n mynd allan i'r dafarn leol i chwarae pŵl neu ddartiau. Dros y penwythnos roedden nhw'n arfer mynd i dafarnau'r West End gyda bechgyn eraill o'r coleg, ac ar brynhawn Sadwrn roedden nhw'n chwarae rygbi yn ail dîm y coleg.

Yn y fflat, byddai Bob ac Eddie weithiau'n siarad am aelodau eraill yr Adran Sbaeneg, ac yn arbennig am y merched. Roedd Linda King ar frig y dosbarth, ac roedd Eddie'n gwybod bod Bob yn ei ffansïo hi.

"Mae Linda'n ferch hyfryd, Bob," meddai fe, "ond mae hi'n rhy ddifrifol i ti. Tra ydyn ni'n chwarae rygbi neu'n mwynhau ein hunain yn y tafarnau, mae Linda'n gweithio'n galed yn ei hystafell. Dyna pam mae hi'n cael marciau uwch na ni. Ond hoffet ti fyw fel yna? Meddylia am foment."

Yna byddai Bob yn ysgwyd ei ben gan wenu.

"Rwyt ti'n iawn, Eddie," meddai e. "Fyddwn i ddim yn newid fy mywyd i am fywyd Linda King. Does dim diddordebau 'da hi y tu allan i'r cwrs."

Ond 'doedd hynny ddim yn wir o gwbl. Doedd Linda ddim yn aros gartref bob nos. Weithiau roedd hi'n mynd i'r theatr ac i'r sinema gyda'i ffrindiau, a phob nos Sadwrn roedd hi'n mynd i ddawns y coleg tra oedd Bob ac Eddie'n yfed yn nhafarnau Soho a Covent Garden. Doedd Linda ddim yn trafod ei bywyd preifat â Bob ac Eddie. Roedd yn well ganddi wrando ar eu storïau doniol am eu gweithgareddau y tu allan i'r coleg.

Gweithiai Linda'n galed yn y coleg am ddau reswm: i gael gradd dda ar ddiwedd y cwrs, ond hefyd i geisio anghofio'r Cymro golygus oedd ar ei meddwl hi trwy'r amser.

Roedd rhaid i bob myfyriwr yn yr adran dreulio trydydd tymor y flwyddyn gyntaf yn Sbaen er mwyn ymarfer yr iaith. Dewisodd y mwyafrif fynd i drefi mawr fel Madrid, Sevilla neu Barcelona, ond penderfynodd Bob Rees fynd i astudio ym mhrifysgol Salamanca, tref dawel yng ngogledd Sbaen.

"Bydd llai o Brydeinwyr yn Salamanca," esboniodd e wrth ei ffrind Eddie. "Fe fydda i ar fy mhen fy hunan, ac felly fe fydd rhaid i mi siarad Sbaeneg trwy'r amser."

Roedd Eddie wedi dewis mynd i Madrid, am ei fod yn cefnogi tîm pêl-droed Real Madrid ers blynyddoedd ac roedd e'n edrych ymlaen at weld gêm neu ddwy cyn diwedd y tymor.

34

"Dydy Salamanca ddim yn bell iawn o Madrid," meddai Eddie wrth y Cymro. "Fe fydd rhaid i ni ymweld â'n gilydd yn awr ac yn y man. Gyda llaw, fyddi di ddim ar dy ben dy hunan yn Salamanca. Fe fydd Linda King yno hefyd."

"Linda King?" meddai Bob. "Ond roeddwn i'n meddwl bod Linda'n mynd i Sevilla gyda'r merched eraill."

"Mae hi eisiau bod gyda ti, siŵr o fod!" atebodd Eddie.

"Wyt ti'n meddwl?" gofynnodd y Cymro. Roedd e'n edrych yn ddifrifol nawr.

Chwarddodd Eddie'n uchel.

"Nac ydw, Bob," meddai. "Mae pen mawr 'da ti. Mae gan dad Linda gysylltiadau busnes yn Salamanca. Mae hi'n mynd i fyw gyda theulu y mae hi wedi aros gyda nhw ambell waith o'r blaen. Dyna pam mae hi ar frig y dosbarth. Ond rwy'n barod i fetio peint o gwrw y byddi di'n mynd allan gyda Linda cyn diwedd yr haf."

"Dim peryg," atebodd y Cymro gan ysgwyd llaw ei ffrind. "Rwyt ti'n mynd i golli'r bet."

Wythnos yn ddiweddarach, cafodd Bob lythyr oddi wrth ffrind o'i bentref yng Nghymru.

"Annwyl Bob," meddai'r llythyr. "Bydd côr meibion y cwm yn canu yn y Festival Hall ymhen pythefnos. Bydd grŵp o fechgyn y pentref yno ac fe hoffen ni gwrdd â ti ar ôl y gyngerdd. Dere â'th ffrindiau newydd o'r coleg hefyd – yn enwedig y merched!"

Felly trefnodd Bob Rees noson mewn tafarn yn y West End, a gwahodd y dosbarth i gyd i gwrdd â'i ffrindiau o Gymru. Aeth y noson yn dda; roedd aelodau'r côr mewn hwyliau da ar ôl y gyngerdd ac roedd Bob wedi dewis tafarn lle roedden nhw'n gallu chwarae pŵl a dartiau yn erbyn bechgyn y coleg. O bryd i'w gilydd roedd rhai o'r merched yn chwarae hefyd. Yna, dywedodd Eddie wrth Bob:

"Mae Linda'n chwilio am bartner i chwarae dartiau yn erbyn y Cymry. Pam nad wyt ti'n chwarae gyda hi, Bob?"

"Dim diolch," atebodd y Cymro. "Rydw i wedi ei gweld hi'n chwarae, a dydy hi ddim yn anelu'n syth o gwbl."

Trodd Eddie ei ben a gweld bod Linda wedi cochi; roedd hi wedi clywed geiriau Bob. Aeth hi i eistedd yn bell o'r bwrdd dartiau heb ddweud gair. Sylwodd Bob ddim am ei fod e wedi mynd i ymuno â'i ffrindiau o Gymru.

Fore dydd Llun cwrddodd Linda King â'r Cymro yng nghoridor y coleg ar ei ffordd i'r ddarlith gyntaf.

"Rydw i newydd glywed oddi wrth fy ffrindiau yn Salamanca," meddai hi. "Os wyt ti eisiau, maen nhw'n barod i chwilio am ystafell i ti."

Petrusodd Bob am eiliad. Doedd e ddim yn hoffi dibynnu ar rywun arall, ond ar y llaw arall doedd e ddim eisiau cyrraedd Salamanca heb wybod ble roedd e'n mynd i aros.

"Mae'n ymddangos yn syniad da," atebodd e'n araf. "Ond cofia, rydw i eisiau bod gyda Sbaenwyr trwy'r amser, er mwyn ymarfer yr iaith."

"Dim problem," atebodd hi'n oeraidd. "Rydw i'n mynd i Sbaen am yr un rheswm â ti. Fe ofynnaf i fy ffrindiau i chwilio am ystafell i ti ar ochr arall y dref."

"O, reit," meddai Bob. "Gyda llaw, fwynheaist ti nos Sadwrn yn y dafarn?"

"Do," atebodd Linda. Doedd ei hwyneb hi'n dangos dim. "Yn enwedig ar ddiwedd y noson pan ganodd bechgyn y côr gân hyfryd. Roeddet ti'n canu gyda nhw. Dwyt ti ddim yn cofio?"

Meddyliodd Bob am foment. Roedd e'n cofio'r noson trwy gwmwl o gwrw.

"O, 'Myfanwy'," meddai e. "'Myfanwy' yw enw'r gân 'na – stori serch am ferch o'r enw Myfanwy. Mae Cymro ifanc mewn cariad â hi, ond mae e'n meddwl nad yw hi'n ei garu e."

"Rwy'n falch o glywed bod rhai Cymry'n deimladol, o leiaf," meddai Linda braidd yn llym, ac yna trodd hi ar ei sodlau a mynd i mewn i'r ddarlith.

Teithiodd Bob a Linda i Madrid yn yr un awyren. Pan lanion nhw roedd ffrindiau Linda yno i'w croesawu. Roedd Señor a Señora Romero wedi dod i'r maes awyr gyda'u merch Maribel, oedd yn ddeunaw mlwydd oed.

"Rydyn ni wedi trefnu i chi aros gyda theulu cariad Maribel," meddai Señor Romero wrth Bob Rees. "Mae Pepe'n astudio yn y brifysgol; mae'n fachgen hyfryd."

Roedd hynny'n wir; pan gyrhaeddodd Seat teulu Romero dŷ Pepe ar gyrion Salamanca, cafodd y Cymro ifanc groeso cynnes oddi wrth Pepe a'i rieni.

"Mae'n dda gennym ni cael gwestai yn y tŷ," meddai mam Pepe wrth Bob. "Rwy'n siŵr y byddi di'n dod ymlaen yn dda gyda Pepe."

Roedd wythnosau cyntaf Bob Rees yn hapus iawn. Roedd y cwrs yn y brifysgol yn ddiddorol, ac roedd y tywydd yn hyfryd hefyd. Yn ystod yr wythnos roedd e'n brysur gyda gwaith cartref, ond bob penwythnos roedd Pepe'n mynd â fe i gwrdd â ffrindiau mewn bar yng nghanol y dref. Roedd Maribel yn dod i'r bar hefyd i gwrdd â Pepe. Weithiau byddai Linda King yn dod gyda hi, ond fel arfer roedd Linda wedi cael gwahoddiad i fynd allan gyda rhyw fachgen lleol. Roedd gwallt melyn Linda a'i llygaid glas yn swyno'r bechgyn lleol i gyd.

"Dydy Linda ddim yn aros yn y tŷ yn aml yn y nos," meddai Maribel wrth Bob. "Mae'n well ganddi hi fynd allan a siarad Sbaeneg mewn bar neu fynd i'r sinema gyda ffrind."

"Gyda bachgen," meddai'r Cymro braidd yn chwerw. "Doedd hi ddim fel hyn yn Llundain. Mae hi wedi newid."

Pan glywodd Pepe Bob yn siarad fel hyn, chwarddodd e'n uchel.

"Rwyt ti'n eiddigeddus, Roberto," meddai. "Dwyt ti ddim eisiau i Linda fynd allan gyda bechgyn Sbaen."

Cochodd y Cymro – ond ddywedodd e ddim gair, am fod Pepe'n dweud y gwir. Yn Llundain doedd e ddim wedi meddwl am Linda'n aml, ond roedd y sefyllfa wedi newid yma yn Salamanca. Linda oedd yn mwynhau ei hunan nawr, tra oedd Bob yn eistedd yn y tŷ gyda'i lyfrau. Ac roedd y Sbaenwyr yn iawn – roedd Linda'n hardd, ac yn fywiog ac yn ddiddorol.

Yna, un noson, dywedodd Pepe wrtho:

"Rwy'n mynd i gwrdd â ffrindiau o'r brifysgol nos yfory. Fe fyddwn ni'n mynd o amgylch strydoedd y dref gyda gitarau ac yn serenadu ein cariadon dan eu balconïau. Rwy'n mynd i serenadu Maribel, ac fe ddylet ti ddod hefyd i serenadu Linda."

Drannoeth cwrddodd Pepe a Bob â ffrindiau Pepe yng nghanol y dref. Myfyrwyr oedd y llanciau i gyd, ac roedd pawb yn gwisgo dillad traddodiadol lliwgar. Roedden nhw wedi rhoi gwybod i'w cariadon am y serenadu, felly roedd pob merch yn aros amdanyn nhw ar falconi'r tŷ neu wrth y ffenestr agored. Ar ôl pob perfformiad byddai'r ferch yn taflu rhosyn neu garnasiwn i lawr i ddiolch i'w chariad am y gân.

O'r diwedd cyrhaeddon nhw'r tŷ lle roedd Maribel Romero a Linda King yn byw. Curodd calon Bob Rees yn gyflymach pan welodd e'r ddwy ferch yn sefyll ar y balconi. Roedd Linda'n edrych yn brydferth iawn dan olau'r lleuad.

Canodd Pepe gân draddodiadol o'r enw "Clavelitos", ac ar ddiwedd y gân curodd y ddwy ferch eu dwylo a thaflodd Maribel rosyn coch ato fe o'r balconi. Yna trodd Pepe at y Cymro.

"Dy dro di nawr, Roberto," meddai. "Mae Linda'n aros."

"Beth, yn Sbaeneg?" meddai Bob. "Dydw i ddim yn gwybod y geiriau."

"Nage, yn dy iaith dy hunan," awgrymodd un o'r llanciau.

Roedd pawb yn edrych arno nawr; ni allai ddianc. Edrychodd i fyny ar wyneb prydferth Linda King; yna dechreuodd e ganu mewn llais llawn emosiwn:

"Paham mae dicter, O Myfanwy, yn llenwi'th lygaid duon di?"

Aeth pawb yn y stryd yn ddistaw. Roedd gan Bob Rees lais gwych, ac roedd tôn y gân yn hyfryd hefyd. Pan ddaeth Bob at ddiwedd y gân curodd y bechgyn i gyd eu dwylo'n eiddgar a daeth rhai ohonyn nhw a churo Bob ar ei gefn.

Yna trodd pawb ac edrych i fyny ar y balconi, lle roedd Linda King yn sefyll gyda rhosyn coch yn ei llaw. Ond yn lle taflu'r rhosyn i lawr at y Cymro ifanc, trodd y ferch a diflannu i mewn i'r ystafell.

Siaradodd Bob ddim ar ei ffordd yn ôl i dŷ Pepe. Siaradodd Pepe ddim chwaith; roedd e'n gwybod bod ei ffrind yn teimlo'n ddiflas. Aeth Bob yn syth i'w ystafell heb aros i gael cwpanaid o goffi gyda theulu Pepe.

Fore trannoeth, pan aeth Bob i lawr i gael brecwast, gwelodd amlen fawr ar y bwrdd o flaen ei gadair.

"Fe gyrhaeddodd yr amlen hanner awr yn ôl," meddai mam Pepe wrtho. "Ond does dim stamp post arni hi."

Pan agorodd Bob yr amlen cafodd e sioc i weld rhosyn coch ynddi hi, a hefyd llythyr byr.

Annwyl Bob,

Roeddwn i am daflu'r rhosyn 'ma atat ti neithiwr ond, os wyt ti'n cofio'n iawn, dydw i ddim yn gallu anelu'n syth o gwbl!

Gyda chariad, dy Myfanwy di.

40

Pan welodd e'r rhosyn, trodd Pepe at ei rieni.

"Tybed beth mae'r rhosyn yn ei olygu?" gofynnodd e gan wincio'n ddireidus.

"Mae'n golygu fy mod i wedi colli bet," meddai Bob gan wenu.

GEIRFA

nid nepell *not far*
dilyn *to follow*
tywyll *dark*
rhyddid *freedom*
diddordeb *interest*
aelod *member*
brig *top*
rhybuddio *to warn*
difrifol *serious*
gweithgaredd *activity*
doniol *amusing*
llai *less*
chwarddodd *laughed*
cysylltiad *connection*
côr meibion *male voice choir*

pythefnos *fortnight*
ymuno â *to join*
dibynnu *to depend*
mwynhau *to enjoy*
serch *love*
drwgdybio *to suspect*
teimladol *sensitive, emotional*
llym *sharp*
sodlau *heels*
ar gyrion *on the outskirts*
gwestai *guest*
lleuad *moon*
eiddgar *enthusiastic*
eang *broad*

MERCH Y CYMOEDD

Roedd y clwb nos bron yn wag pan aeth y merched i mewn yno.

"Peidiwch â phoeni," meddai un o'r merched. "Rydw i

wedi bod yma o'r blaen; bydd y lle'n llawn bechgyn erbyn hanner awr wedi deg. Nawr, pwy sy'n prynu'r rownd nesaf?"

"Fi," meddai un o'i ffrindiau hi.

"Da iawn, Rhiannon," meddai'r ferch. "Fe ddof i gyda ti i helpu i gario'r diodydd, tra bydd y lleill yn chwilio am fwrdd. Does dim eisiau i ni fod yn rhy agos at y cyrn sain, nac oes?"

Roedd Glenn Taylor yn sefyll ar ei ben ei hun wrth y cownter pan welodd e'r ddwy ferch yn croesi'r llawr tuag at y bar. Rhoddodd Rhiannon bapur ugain punt ar y cownter a gofyn i'r barman am chwe photel o lager. Daeth y barman yn ôl â'r diodydd a newid y papur wrth y til.

"Bron ugain punt!" meddai Rhiannon, gan edrych ar y newid yn ei llaw hi. "Prisiau Caerdydd – mae nhw'n ofnadwy!"

Roedd Glenn yn gwylio Rhiannon; roedd hi'n ferch brydferth iawn.

"Merched o'r cymoedd ydych chi?" gofynnodd e'n gyflym, cyn iddyn nhw allu troi i ffwrdd.

"Ie," meddai Rhiannon gan wenu. "Rydyn ni wedi dod i lawr mewn bws mini."

Aeth hi a'i ffrind â'r diodydd i'r bwrdd ac eisteddon nhw i lawr gyda gweddill y grŵp. Pan godon nhw i gyd i ddawnsio ddeng munud yn ddiweddarach, phetrusodd Glenn Taylor ddim. Torrodd e i mewn i'r grŵp, a dewis Rhiannon yn bartner.

Cyn hir roedden nhw'n siarad fel hen ffrindiau. Dywedodd Glenn ei fod e'n dod o Gyncoed, ger Parc y

Rhath. Roedd e wedi graddio ym Mhrifysgol Bryste yn yr haf, ac wedi cael swydd mewn ffatri yn y cymoedd yn ddiweddar.

"Ydych chi wedi clywed am Harries Components?" gofynnodd e i'r ferch.

"Mae pawb wedi clywed am Harries Components," atebodd Rhiannon. "Mae hi'n un o ffatrïoedd mwyaf y cymoedd."

"Rwy'n mynd yno i weithio fel dirprwy bennaeth yr adran adnoddau dynol," meddai Glenn yn falch, ac yna ychwanegodd gyda gwên fach: "personél i chi. Rwy'n dechrau'r gwaith wythnos i ddydd Llun nesaf."

Cyn hir roedd Rhiannon wedi clywed holl hanes y bachgen.

"Fe hoffwn i weithio dramor," meddai Glenn wrthi. "Ond fe welais i hysbyseb Harries Components yn y *Western Mail* rai wythnosau'n ôl. Fe gefais i'r cyfweliad yma yng Nghaerdydd. Dydw i ddim wedi ymweld â'r ffatri eto."

Doedd Rhiannon ddim yn dweud llawer; roedd hi'n hapus yn gwrando ar Glenn yn sôn am ei gynlluniau.

"Does dim car 'da fi eto," meddai Glenn. "Ond mae nhw'n dweud bod gwasanaeth trenau da yn y cymoedd."

Am un ar ddeg o'r gloch, roedden nhw'n dal i ddawnsio gyda'i gilydd. Trodd un o'r merched a dweud wrth y lleill:

"Mae Rhiannon wedi syrthio mewn cariad!"

"Wel, pam lai?" meddai merch arall. "Mae e'n olygus, o leiaf."

"Dydy e ddim wedi stopio siarad eto," meddai un o'r merched. "A dyw Rhiannon ddim yn dweud gair."

"O, eiddigeddus wyt ti, Karen," meddai rhywun. "Mae Rhiannon bob amser yn dawel."

Am hanner awr wedi un ar ddeg daeth Rhiannon at y bwrdd a dweud:

"Rydyn ni'n mynd allan am sbel. Mae'n boeth yma."

"Wel, paid ag anghofio am y bws, Rhiannon. Bydd y gyrrwr yn aros amdanon ni o flaen y Westgate am hanner nos."

Penderfynodd Glenn fynd â'r ferch i sefyll ar bont yr afon i wylio dŵr tywyll afon Taf yn llifo heibio.

"Fe hoffwn i dy weld di eto," meddai wrthi hi.

Meddyliodd Rhiannon am foment.

"Beth am wythnos i heno yn yr un clwb?" awgrymodd hi. "Mae modryb 'da fi sy'n byw ger Cathedral Road. Gallaf aros gyda hi dros nos."

Cusanodd Glenn hi ar ei gwefusau.

"Fe fydda i'n edrych ymlaen at hynny, Rhiannon," meddai fe.

Yna clywson nhw rywun yn gweiddi enw'r ferch. Roedd y bws wedi cyrraedd.

Yn ddiweddarach yr wythnos honno, cafodd Glenn Taylor alwad ffôn oddi wrth bennaeth yr adran adnoddau dynol yn gofyn iddo ymweld â'r ffatri.

Pan gyrhaeddodd Glenn, roedd neges iddo yn y dderbynfa. Roedd pob pennaeth adran mewn cyfarfod gyda Mr Harries, perchennog y ffatri ond, yn y cyfamser, byddai clerc o'r adran adnoddau dynol yn barod i dywys Glenn o gwmpas llawr y ffatri.

Bachgen ifanc oedd y clerc.

"Mae llawer o ferched yn gweithio yma," meddai wrth Glenn gyda winc. "Ac mae rhai ohonyn nhw'n bert iawn." Roedd yn amlwg ei fod e'n hapus yn ei waith!

Roedden nhw'n cerdded trwy neuadd oedd yn llawn o bobl ifanc, pan drodd un o'r merched yn sydyn ac edrych ar Glenn Taylor. Cafodd Glenn sioc wrth weld taw Rhiannon oedd hi. Edrychodd y ferch i ffwrdd ar unwaith, a cherddodd Glenn ymlaen heb ddweud gair. Chwarddodd un o'r merched y tu ôl iddo.

Pan aeth Glenn yn ôl i'w swyddfa newydd roedd darn o bapur ar ei ddesg. Cododd e'r darn o bapur a darllen:

"Hoffai Mr Harries eich gweld yn ei swyddfa e."

Aeth y clerc ifanc â fe i swyddfa perchennog y ffatri. Pan aeth Glenn i mewn, cododd Mr Harries ar ei draed.

"Rwy'n falch o gwrdd â chi, Mr Taylor," meddai. "Rwy'n brysur heddiw, ond roeddwn i eisiau rhoi cyngor i chi. Rydych chi'n eithaf ifanc, a bydd rhai o'r gweithwyr yn ceisio cymryd mantais ohonoch chi. Felly rhaid i chi fod yn gadarn o'r dechrau. Ydych chi'n deall?"

"Ydw, Mr Harries," atebodd Glenn. "Diolch am y cyngor."

Yn ôl yn ei swyddfa, dechreuodd e feddwl am ei broblem gyntaf – Rhiannon. Roedd rhaid iddo fe wneud rhywbeth.

Cododd e o'i ddesg ac aeth i lawr i'r neuadd. Cerddodd e'n syth at fwrdd Rhiannon a dweud wrthi hi:

"Rydw i eisiau siarad â ti lan llofft yn fy swyddfa i."

Dringon nhw'r grisiau a mynd i mewn i swyddfa Glenn. Caeodd e'r drws y tu ôl iddyn nhw ac yna trodd at Rhiannon.

"Rwyt ti wedi gwneud ffŵl ohono i," meddai. "Pam na ddywedaist ti dy fod yn gweithio yn Harries Components?"

"Achos ofynnaist ti ddim am fy ngwaith i," atebodd y ferch. "Doeddwn i ddim yn disgwyl dy weld di heddiw. Roeddwn i'n mynd i esbonio popeth nos yfory."

"Nos yfory?" meddai Glenn. "Mae'n rhaid i ti anghofio am nos yfory. Glywaist ti mo'r merched yn chwerthin am fy mhen i?"

"Dim ond un ohonyn nhw oedd yn chwerthin," meddai Rhiannon. "Ac rydw i wedi cael gair â hi'n barod."

"Does dim rhaid i ti ofalu amdana i," meddai Glenn yn ddig. "Fe fydda i'n delio â phobl fel hi. Ond dydw i ddim eisiau unrhyw broblem gyda ti, chwaith."

Roedd Rhiannon wedi cochi tipyn, ond doedd hi ddim wedi codi ei llais er ei bod hi'n teimlo'n ddig.

"Fydd dim problem," atebodd hi. "Rwy'n gadael y ffatri am byth y prynhawn 'ma. Rwy'n symud i ffwrdd ddydd Llun."

Yna trodd a cherdded allan o'r swyddfa.

Ar ddiwedd y prynhawn aeth Glenn i lawr at glwyd y ffatri ar ei ffordd i ddal y trên. Teimlai'n drist. Roedd e wedi digio Rhiannon, ond doedd dim dewis gyda fe.

Stopiodd BMW coch wrth ei ochr. Roedd Mr Harries yn eistedd y tu ôl i'r olwyn.

"Fe roddaf i lifft i chi, Mr Taylor," meddai fe trwy'r

ffenestr agored. "Dewch i mewn."

Wrth iddynt yrru i lawr y stryd, gwelodd Glenn Rhiannon a'i ffrindiau'n cerdded ar y palmant. Roedden nhw'n siarad a chwerthin yn gyffrous.

"Mae'r merched 'na'n edrych yn hapus," meddai Mr Harries.

Roedd Glenn yn falch i gael cyfle i wneud argraff ar berchennog y ffatri.

"Mae un ohonyn nhw'n gadael y ffatri heddiw," meddai. "Mae'r merched yn mynd i rywle i ddathlu, siŵr o fod."

"O, Rhiannon yw honno," meddai Mr Harries gan wenu. "Mae hi wedi bod yn gweithio yma dros dro ar lawr y ffatri i gael profiad gwaith. Fe fydd hi'n dechrau cwrs ieithoedd ym Mhrifysgol Aberystwyth yr wythnos nesaf. Rhiannon yw ein hunig blentyn ni, Mr Taylor. Rydyn ni'n mynd i weld ei heisiau hi'n fawr …"

GEIRFA

cymoedd *valleys*	Parc y Rhath *Roath Park*
o'r blaen *before*	gradd *degree*
diod(ydd) *drink(s)*	adran adnoddau dynol
cyrn sain *loudspeakers*	*human resources*
newid *(to) change*	*department*
ofnadwy *awful*	ychwanegu *to add*
prydferth *beautiful*	tramor *abroad*
i ffwrdd *away*	cyfweliad *interview*
gweddill *rest*	ymweld â *to visit*
petruso *to hesitate*	cynlluniau *plans*

47

gwasanaeth *service*
eiddigeddus *jealous*
awgrymu *to suggest*
modryb *aunt*
gweiddi *to shout*
i fod i *supposed to*
pennaeth *head*
derbynfa *reception*
perchennog *owner*
mantais *advantage*
cyngor *advice*

cadarn *firm*
disgwyl *to expect*
cochi *to blush*
dig *angry*
sodlau *heels*
palmant *pavement*
cyffrous *excited*
argraff *impression*
dros dro *temporarily*
profiad *experience*

YN ÔL I ARNHEM

Doedd Roger Green ddim yn cofio ei dad, Jack, yn glir iawn. Roedd y bachgen yn bedair oed pan laniodd Jack yn Arnhem yn yr Iseldiroedd gyda'i fataliwn o awyrfilwyr – y Berets Cochion. Roedd y milwyr i fod i gipio pontydd y Rhein oddi wrth yr Almaenwyr, ond methon nhw'n llwyr am fod yr Almaenwyr yn rhy gryf.

Yn ôl y cynllun, roedd tanciau a milwyr traed Prydain ac America i fod i ruthro i dref Arnhem a chefnogi'r awyrfilwyr, ond methodd y cynllun oherwydd y tywydd drwg a'r mwd ar y ffyrdd. Cafodd y mwyafrif o'r awyrfilwyr eu dal neu eu lladd gan yr Almaenwyr. Ni ddaeth Jack Green yn ôl o'r frwydr, ac roedd rhaid i'w wraig fagu eu hunig blentyn, Roger, ar ei phen ei hun.

Tra oedd y bachgen yn tyfu lan, roedd e'n gofyn i'w

fam yn aml am farwolaeth ei dad. Yn anffodus, ni allai hi ateb ei gwestiynau.

"Fe gafodd rhai o'r Berets Cochion eu claddu yn Arnhem," meddai hi wrth ei mab. "Ond does dim bedd gan dy dad di. Cafodd llawer o adeiladau'r dref eu dinistrio gan y sieliau. Efallai ei fod e'n gorwedd dan adfeilion un ohonyn nhw."

Roedd Roger eisiau gwybod mwy am ddyddiau olaf ei dad. Yn 1962 penderfynodd e deithio i Arnhem a siarad â phobl oedd yn cofio'r frwydr enwog.

Cyrhaeddodd e dref Arnhem ar ôl taith hir mewn cwch a thrên. Roedd cloch yr eglwys yn taro naw o'r gloch pan gerddodd e allan o'r orsaf reilffordd yn cario'i fagiau. Penderfynodd anelu at yr afon lle roedd y pontydd yn croesi'r Rhein.

"Rwy'n dilyn yr un ffordd â Dad, efallai," meddai wrtho'i hun. "Pwy a ŵyr?"

Cyrhaeddodd e gaffe ar gornel un o'r strydoedd, a phenderfynodd fynd i mewn a chael cwpanaid o goffi.

Efallai bydd perchennog y caffe yn gwybod am lety yn yr ardal 'ma, meddyliodd.

Roedd e'n lwcus; roedd y barman yn nabod merch oedd yn derbyn lletywyr.

"Nid llety yw e," esboniodd y barman wrth y teithiwr. "Ond mae angen arian ar y ferch. Françoise yw ei henw hi, mae hi'n ferch hyfryd."

Ar ôl gorffen ei goffi, croesodd e'r stryd a churo ar ddrws Françoise. Pan ddaeth hi i'r drws gwelodd Roger ei bod hi'n dal yn ei harddegau, ac yn dlos iawn.

"Rwy'n chwilio am ystafell am y nos," meddai Roger. "Oes lle gyda chi?"

"Oes," atebodd y ferch yn Saesneg. "Dewch â'ch bagiau chi i mewn."

Dilynodd hi i mewn i gegin daclus a glân. Pan roddodd y llanc ei fagiau i lawr, sylwodd fod y ferch hanner ffordd trwy ei swper hi.

"Oes eisiau bwyd arnoch chi?" gofynnodd hi. "Mae cawl 'da fi ar y stôf."

"Diolch," atebodd Roger. "Gyda llaw, rydych chi'n siarad Saesneg yn dda."

"Mae llawer o ymwelwyr o Brydain ac America yn dod yma oherwydd brwydr Arnhem yn y rhyfel. Rydyn ni i gyd yn siarad Saesneg."

Roedd Roger eisiau siarad â hi am y rhyfel, ond yn gyntaf roedd e eisiau mynd i'r tŷ bach.

"Mae'r toiled lawr yn y seler," meddai Françoise, "does dim golau ar y grisiau, felly byddwch yn ofalus."

Roedd llun merch ar y wal ar ben y grisiau. Llun Françoise, meddyliodd Roger, ond roedd y ferch yn y llun yn gwisgo dillad mwy traddodiadol a hen ffasiwn – fel pe bai hi'n cymryd rhan mewn gŵyl.

Dechreuodd e ddisgyn y grisiau, ond ni allai weld dim. Yn sydyn, llithrodd ei droed a chwympodd, gan daro'i ben yn drwm ar un o'r grisiau ar ei ffordd i lawr …

Roedd e'n anymwybodol am beth amser; yna, gallai deimlo rhywun yn gafael ynddo a'i helpu i fyny'r grisiau eto. Roedd ei goesau'n wan ac roedd rhaid iddo bwyso ar y person er mwyn cyrraedd pen y grisiau. Yng ngolau lamp y gegin gwelodd taw Françoise oedd yn ei helpu, ond roedd hi wedi newid ei dillad yn y cyfamser; gwisgai ddillad fel yn y llun ar y wal. Faint o amser roedd e wedi'i dreulio ar waelod y grisiau, tybed?

"Rydych chi wedi'ch anafu," meddai hi wrtho. "Rhaid i chi fynd i'r gwely."

Roedd e'n rhy wan i brotestio. Roedd pen tost ofnadwy ganddo, ac roedd gwres arno hefyd. Gyda help y ferch, dringodd e'r grisiau oedd yn arwain i'r llofft. Aeth hi â fe i mewn i ystafell fach, ac eisteddodd e'n drwm ar y gwely.

"Diolch," meddai. "Diolch am bopeth."

Clywodd e'r drws yn cau, a gorweddodd ar y gwely. Cyn hir roedd e'n cysgu fel baban.

Cafodd ei ddeffro'n sydyn gan sŵn gynnau. Roedd e wedi bod yn breuddwydio am frwydr Arnhem. Cododd e'n araf o'r gwely a mynd at y ffenestr; pan agorodd e'r llen gwelodd fod y stryd yn llawn mwg. Yna agorodd y drws y tu ôl iddo a daeth hen wraig fach i mewn i'r ystafell wely gan gario lamp olew yn ei llaw hi.

Croesodd yr hen wraig yr ystafell a gwthio Roger i ffwrdd oddi wrth y ffenestr.

"Ffŵl!" meddai hi'n grac. "Cadwch oddi wrth y ffenestr, a chadwch y llenni ar gau."

Tra oedd y llanc yn mynd yn ôl i'r gwely, aeth yr hen wraig allan eto gan gau'r drws y tu ôl iddi hi. Yn y tywyllwch, clywodd Roger gloc lawr llawr yn taro tri o'r gloch.

Deffrodd e'n sydyn yr ail waith; y tro yma roedd y saethu'n agos iawn – yn y tŷ efallai. Roedd e'n chwys i gyd, ac roedd poen ofnadwy ganddo yn ei frest. Roedd ei galon yn curo fel drwm, ond adawodd e mo'r gwely. Oedd e wedi clywed rhywbeth, neu oedd e wedi bod yn breuddwydio eto? Cyn hir diflannodd y boen, a thaniodd fatsien er mwyn edrych ar ei oriawr. Roedd hi'n bum munud i bump. Aeth y munudau heibio, ond chlywodd e mo'r cloc lawr llawr yn taro pump o'r gloch. Taniodd e fatsien arall – chwarter awr wedi pump. Oedd y cloc lawr llawr wedi stopio? Ymhen amser, cysgodd eto.

Pan aeth e i lawr i'r gegin y bore canlynol, roedd Françoise wedi paratoi brecwast iddo.

"Sut gysgoch chi?" gofynnodd hi gan arllwys coffi i mewn i gwpan.

"Ddim yn dda," atebodd e. Cyn iddo allu esbonio, dywedodd y ferch:

"Roedd gwres arnoch chi neithiwr ar ôl i chi gwympo i lawr y grisiau. Fe glywais i chi'n symud yn ystod y nos ac fe es i i mewn i'ch ystafell chi. Roeddech chi'n sefyll wrth y ffenestr yn edrych ar y niwl yn codi o'r afon."

"Fe ddaeth hen wraig i mewn i'r ystafell hefyd," meddai Roger, a syllodd y ferch arno fe.

"Dim ond fi sy'n byw yma," atebodd hi. "Fel dywedais i, roedd gwres arnoch chi."

Sipiodd Roger ei goffi i glirio'i ben.

"Fe freuddwydiais i am saethu yn ystod y nos," meddai. "Weithiau roedd y saethu'n swnllyd iawn."

"Taranau," meddai Françoise. "Dyna pam y deffrais innau hefyd."

"Pam ydych chi'n byw ar eich pen eich hunan?"

gofynnodd Roger yn sydyn.

"Fe fu farw fy rhieni yn ystod y rhyfel," atebodd y ferch. "Fe aeth yr Almaenwyr â fy nhad i wersyll yn yr Almaen, a ddaeth e ddim yn ôl. Roedd fy mam a fy mam-gu'n byw yn y tŷ 'ma pan laniodd awyrfilwyr Prydain yn 1944. Baban oeddwn i ar y pryd. Fe ddaeth un o'r Prydeinwyr yma i ofyn am help achos roedd e wedi cael ei anafu. Fe guddion nhw e mewn ystafell wely lan llofft. Ond yn ystod y nos daeth milwyr yr SS i chwilio amdano. Pan ddaethon nhw o hyd iddo yn y gwely fe saethon nhw fe yn y fan a'r lle, ac yn ôl y cymdogion fe gafodd y ddwy wraig eu saethu yma yn y gegin."

Roedd meddwl Roger yn rhedeg yn wyllt.

"Ydych chi'n gwybod ble maen nhw wedi'u claddu?" gofynnodd e.

Roedd llygaid Françoise yn llawn dagrau.

"Fe daflodd milwyr yr SS y tri chorff i'r afon," atebodd hi, "fel bradwyr!"

Ar ôl munud o ddistawrwydd, dywedodd Roger yn dawel:

"Roedd eich mam chi'n ddewr iawn," meddai. "Oes llun ohoni hi 'da chi?"

"Oes, fan yna ar y wal ar ben y grisiau sy'n arwain i lawr i'r seler," atebodd hi.

Edrychodd Roger ar lun y wraig mewn gwisg draddodiadol. Nid Françoise oedd hon, felly, ond ei mam hi! Roedd ei ben e'n dechrau troi, ond yna sylwodd e ar yr hen gloc yn sefyll yng nghornel y gegin. Roedd bysedd y cloc yn dangos pum munud i bump.

"O leiaf, doeddwn i ddim yn breuddwydio am y cloc," meddai wrth Françoise. "Fe stopiodd e yn ystod y nos."

Trodd y ferch ei llygaid ato.

"Naddo," meddai hi. "Fe stopiodd y cloc pan gafodd fy mam a fy mam-gu eu lladd. Mae un o fwledi'r Almaenwyr ym mheirianwaith y cloc o hyd!"

GEIRFA

awyrfilwr *paratrooper*

Iseldiroedd *Netherlands*

i fod i *supposed to*

cipio *to seize*

methu *to fail*

llwyr *complete*

cynllun *plan*

milwr traed *infantry soldier*

rhuthro *to rush*

cefnogaeth *support*

brwydr *battle*

magu *to rear*

tyfu *to grow*

marwolaeth *death*

claddu *to bury*

bedd *grave*

dinistrio *to destroy*

siel *shell*

adfeilion *ruins*

taro *to strike*

anelu *to head for*

dilyn *to follow*

pwy a ŵyr? *who knows?*

perchennog *owner*

llety *guest-house*

lletywr *lodger*

teithiwr *traveller*

arddegau *teens*

ymwelwyr *visitors*

fel pe bai hi *as if she were*

gŵyl *festival*

disgyn *to descend*

llithro *to slip*

anymwybodol *unconscious*

pwyso *to lean*

cynorthwyo *to help*

anafu *to injure*, *to wound*

gwres *fever*

deffro *to wake up*

breuddwydio *to dream*

mwg *smoke*

arllwys *to pour*

54

niwl *mist*
syllu *to stare*
llanc *young man*
gwersyll *camp*
cuddio *to hide*
saethu *to shoot*

yn y fan a'r lle *on the spot*
cymdogion *neighbours*
bradwr *traitor*
distawrwydd *silence*
peirianwaith *machinery*

Y WRAIG MEWN GWISG WEN

Wedi i Wil Smallridge ymddeol, daeth e'n ôl i fyw yn y pentref ar ben y cwm lle cafodd ei eni. Bryn Coch oedd enw'r pentref, ac roedd Wil yn byw mewn bwthyn teras ar lan yr afon. Pan oedd Wil yn ifanc roedd siop Co-op, siop gornel a dwy dafarn yn y pentref, ond erbyn hyn roedden nhw i gyd wedi cau, ac roedd rhaid i Wil deithio ar y bws i'r dref i siopa yn y dydd ac i yfed gyda'r nos.

Yn anffodus, roedd y bws olaf yn gadael y dref cyn i'r tafarnau gau, felly roedd rhaid i Wil ruthro allan i'w ddal e tra oedd ei ffrindiau'n dal i fwynhau eu hunain yn y bar. Roedd Wil yn boblogaidd yn y dafarn am ei fod e'n dweud storïau rhyfeddol am ei fywyd pan oedd e'n byw yn bell i ffwrdd o'r cwm. Bu Wil yn filwr am sbel, ac ar ôl gadael y fyddin roedd e wedi gwneud pob math o waith difyr i ennill ei fywoliaeth.

Er bod ei ffrindiau'n gwybod bod Wil yn dweud celwyddau wrthyn nhw, roedden nhw'n mwynhau gwrando ar ei storïau trwy'r nos ac yna'n chwerthin am ei ben pan oedd e wedi gadael i ddal y bws.

Yn ôl Wil, fe fu yn yr SAS yn ymladd â therfysgwyr a

chrocodeilod yn y jyngl. Roedd e'n sôn am leoedd pell fel y Congo, Borneo a Belize fel pe bai e'n siarad am Fangor, Llandinam neu Borthcawl ond, wrth gwrs, doedd Wil ddim yn gallu rhoi gormod o fanylion am ei weithgareddau yn y lleoedd hynny am fod ei waith yn yr SAS mor gyfrinachol. Roedd e wedi chwarae pêl-droed dros y fyddin hefyd, ac wedi chwarae yn erbyn rhai fel Stanley Mathews, John Charles a Ferenc Puskas!

"Beth wnest ti ar ôl gadael y fyddin, Wil?" gofynnodd rhywun un noson.

"Roeddwn i'n bostmon yn Llundain am sbel," atebodd Wil. "Roedd fy ngwaith i'n ddiddorol iawn."

"Diddorol!" meddai Tom Thomas, oedd yn eistedd yng nghornel y bar. "Postmon oeddwn i hefyd. Dydy mynd â llythyrau o ddrws i ddrws bob dydd ddim yn ddiddorol o gwbl. Roedd rhaid i mi gerdded o gwmpas y strydoedd yn yr haul ac yn y glaw – fel arfer yn y glaw."

Roedd pawb yn edrych ar Wil nawr. Oedd e'n mynd i'w gadael nhw i lawr? Nac oedd, wrth gwrs!

"Doeddwn i ddim yn bostmon cyffredin," meddai Wil. "Roeddwn i'n aelod o uned arbennig yn Swyddfa'r Post yn Llundain," meddai. "Roedd rhaid i ni fynd â llythyrau i leoedd pwysig fel Stryd Downing, y Farchnad Stoc, Banc Lloegr ac ati." Gostyngodd ei lais. "Roedd rhai postmyn yn cario gynnau," meddai.

"Pe bawn i wedi cario gwn ar fy rownd i," meddai Tom yn eironig, "fyddai dim llawer o gŵn yn fyw yn y cwm erbyn hyn!"

Un noson roedd y cwsmeriaid yn y bar yn gwylio ffilm

arswyd ar y teledu. Yn y ffilm, roedd bwganod ym mhob man; roedd pawb yn mwynhau'r ffilm, ac roedden nhw i gyd wedi yfed mwy nag arfer. Yn ystod egwyl yn y ffilm dywedodd y tafarnwr yn sydyn:

"Fe glywais i fod bwgan yn byw ym Mryn Coch, Wil."

Trodd pawb i edrych ar Wil Smallridge, oedd ar ei ffordd i'r bar i brynu diod arall.

"Wyt ti wedi clywed am y bwgan 'na, Wil?" gofynnodd Tom Thomas. "Rwyt ti'n byw ym Mryn Coch, on'd wyt ti?"

"Ydw, wrth gwrs," atebodd Wil gan roi ei wydryn gwag i'r tafarnwr. "Pan oeddwn i'n ifanc roedd hen bobl y pentref yn sôn am y bwgan yn aml."

Roedd hynny'n wir; ond ers i Wil ddod yn ôl i fyw ym mhentref Bryn Coch doedd e ddim wedi clywed gair am y bwgan o gwbl. Y dyddiau hyn, roedd y pentrefwyr yn treulio gormod o amser o flaen y teledu ac ar y rhyngrwyd i weld bwganod.

"Wyt ti wedi gweld y bwgan, Wil?" gofynnodd y tafarnwr.

"Ydw," meddai Wil heb betruso. Roedd e'n dweud celwydd ond roedd e eisiau creu argraff ar y bobl o'i gwmpas. "Rydw i wedi gweld y bwgan ambell waith."

"Wel, sut fwgan ydy e, Wil?" gofynnodd Tom Thomas gan wincio ar y lleill. "Rho ddisgrifiad i ni."

Roedd Wil yn ceisio cofio storïau ei fam am y bwgan.

"Gwraig yw hi," meddai'n araf. "Mae hi'n gwisgo gwisg wen, ac mae hi'n cerdded o gwmpas y pentref yn hwyr y nos."

"Ond pam?" gofynnodd un o'r cwsmeriaid. "I ddychryn pobl?"

Ysgydwodd Wil Smallridge ei ben. Roedd geiriau ei fam yn glir yn ei gof nawr.

"Nage," atebodd e. "Roedd fy mam yn credu bod y wraig 'na yn gwarchod y pentrefwyr rywsut."

"Beth, fel angel?" gofynnodd y tafarnwr.

"Ie, fel angel," atebodd Wil.

Roedd ffrindiau Wil eisiau gwybod mwy am fwgan Bryn Coch, ond yn sydyn clywsant sŵn y tu allan i'r dafarn.

"Diawl," meddai Wil. "Beth oedd hwnna?"

Edrychodd Tom Thomas drwy'r ffenestr.

"Dy fws di, Wil," meddai e. "Mae e wedi mynd heibio heb stopio. Rwyt ti wedi colli dy lifft adref."

"Ac mae hi wedi dechrau bwrw glaw," meddai rhywun arall. "Mae hi'n noson ofnadwy y tu allan. Wyt ti'n mynd i gerdded yr holl ffordd adref, Wil?"

Fel ateb, yfodd Wil ei beint a gofyn am un arall. Wrth arllwys y cwrw, cafodd y tafarnwr syniad.

"Mae hen feic 'da fi yn y seler, Wil. Mae croeso i ti ei fenthyg – fe fydd yn well na cherdded."

Felly, chwarter awr yn hwyrach roedd Wil yn beicio trwy'r glaw i fyny'r cwm. Roedd y gwynt wedi codi ac roedd yn anodd i Wil weld y ffordd oherwydd y glaw yn ei lygaid.

Roedd Wil yn beicio yng nghanol y ffordd pan, yn sydyn, chwythodd y gwynt fag plastig gwyn ar draws y ffordd o'i flaen e. Oherwydd y glaw yn ei lygaid a'r cwrw yn ei fol, meddyliodd Wil fod rhywun mewn cot wen yn rhedeg ar draws y ffordd, a throdd e'r beic yn siarp i'r chwith er mwyn osgoi damwain. Gwrthdarodd olwyn flaen y beic â'r palmant, a chwympodd Wil yn drwm i'r ddaear. Yr union foment honno, daeth y bws rownd y gornel yng nghanol y ffordd. Roedd brys ofnadwy ar y gyrrwr i gyrraedd yn ôl i'r dref, ac aeth heibio heb sylwi ar Wil.

Cododd Wil ar ei draed yn araf. Roedd e'n lwcus iawn i fod yn fyw. Yn y cyfamser, roedd y bag plastig wedi hedfan yn bell uwch y coed ar lan y ffordd. Edrychodd Wil ar y ffordd; doedd dim corff yno. Roedd e ar ei ben ei hun yn y tywyllwch ac roedd ei galon yn curo fel drwm.

"Y wraig mewn gwisg wen," meddai wrtho'i hunan. "Mae'r wraig mewn gwisg wen wedi achub fy mywyd i!"

Drannoeth, aeth e'n ôl i'r dafarn.

"Mae'n ddrwg gen i, Alun," meddai wrth y tafarnwr. "Fe ges i ddamwain ar y ffordd adref neithiwr. Mae olwyn flaen y beic wedi torri."

Roedd Tom Thomas yn eistedd wrth y bar.

"Beth?" chwarddodd e. "Wnaeth y bwgan 'na, y wraig mewn gwisg wen, ddim byd i'th helpu di, Wil?"

Chwarddodd y tafarnwr hefyd, ond yfodd Wil Smallridge ei gwrw heb ddweud gair. Am y tro cyntaf yn ei fywyd, 'roedd Wil wedi cael profiad ysgytwol, a doedd e ddim eisiau ei rannu â neb …

GEIRFA

gwisg *clothing*

ymddeol *to retire*

bwthyn *cottage*

anffodus *unfortunate*

rhuthro *to rush*

mwynhau *to enjoy*

poblogaidd *popular*

rhyfeddol *wonderful*

byddin *army*

ennill *to earn, win*

celwydd *lie*

terfysgwr *terrorist*

manwl *(manylion), detail(s)*

gweithgaredd *exploit*

cyfrinachol *secret*

aelod *member*

arbennig *special*

dychryn *horror*

bwgan *ghost*

egwyl *interval*

petruso *to hesitate*

argraff *impression*

cof *memory*

gwarchod *to protect*

rhywsut *somehow*

ofnadwy *awful*

arllwys *to pour*

oherwydd *because (of)*

serch *despite*

tro *bend*

chwythu *to blow*

bol *stomach*

gwrthdaro *to collide*

brys *haste*

hedfan *to fly*

achub *to save*

trannoeth *the next day*

profiad *experience*

ysgytwol *shocking*

rhannu *to share*

Storïau Bob Eynon
o Wasg y Dref Wen

* hefyd ar gael ar gasét yng nghyfres
LLYFRAU LLAFAR Y DREF WEN

PROPERTY OF MERTHYR
TYDFIL PUBLIC LIBRARIES